After School Dates Re.

Inhalt

Re.
Kapitel 1
ZIRP
ZIRP
Ist das heiß ...
ZIRP
...
Unser gemeinsamer Sommer beginnt.

ZIRP
ZIRP
Der Schülerrat der Tendomiya-Akademie meldet sich ...
So, da wären wir!
Das ist das Gästehaus unserer Familie. Macht es euch bequem!
... aus der Sommerfrische während der Sommerferien!
Lang ist's her!
Sprachlos
Waas?!
Kein Pool?
Unser Landhaus hätte das geboten.
Sorry, Mann.
Hier ist es aber uch oh- e frisch genug.
Schülerratsmitglieder des Schulzweigs für die Allgemeinheit (AGM)
Die Normalos.
Schülerratsmitglieder des Schulzweigs für Internationales Showbusiness (ISB)
Die Reichen.

Schulsprecher der ISBler Itsuki MaKabe
Schulsprecher der AGMler Seiya Shirota
Diese zwei sind die Schulsprecher der beiden Schulzweige!
Also los ...
Ich bin Mizuno und kümmere mich ums Protokoll.
Ab heute beginnt der Schülerratsausflug, um die Vernetzung beider Schulzweige zu verbessern und Meetings ...
... zur Verwaltung des letzten Schulhalbjahres abzuhalten.
Lins
Lins
Kann es sein, dass die zwei ...
Sieht ganz so aus ...

Morgen werden die beiden Kandidaten ...
... für die Schulsprecher-Nachfolge aus dem 2. Jahr ebenfalls zu uns stoßen.
Ab dem zweiten Trimester werden auch sie Schülerratsmitglieder sein.
Wir haben alle voller Vorfreude auf den Tag des Ausflugs hingefiebert ...
... aber wegen der beiden (angeblich sind sie ein Paar) ...
... die sich offenbar gerade streiten ...
... ist die allgemeine Stimmung echt miserabel.
Wir haben Sommer, aber irgendwie läuft's mir kalt den Rücken runter ...

Äh, zum Abschluss ...
... noch schnell die Zimmerverteilung ...
Blick
Pro Zimmer sind zwei Leute eingeplant.
Wollt ihr beide ... ähm ... zusammen in eins ...?
Wie bitte?!
...
Die Vize-Schulsprecher
Was redest du für einen Unsinn, Mizuno?!
Natürlich werden die Schulzweige getrennt voneinander verteilt.
Haruna! Du kommst mit zu mir. Bring mich zum Zimmer!
Wir werden viel Spaß miteinander haben, Okouchi!

Der Rest wird, äh ...
Gut, die sind schon mal verteilt!
... oder ist es zur Abwechslung mal Shirota, der irgendwie sauer ist?
Diesmal scheint es auch nicht gespielt zu sein ...
T... Täusche ich mich ...
S... Sieht so aus.
Puh ...
...
Wie lange will er denn noch so versteinert dastehen?
Du ... Makabe ...
Was ist denn ... mit euch beiden los?
Zuck

Kümmere dich nicht um mich ...
Wahrscheinlich ist ...
... eh alles aus ...
Wenn er das sagt, macht mich das erst recht neugierig.
Noch dazu mit diesem Gesicht ...
Und zwar ziemlich!
Flapp
Kaum zu glauben ...
... dass morgen schon ...
... die Schulsprecherkandidaten fürs nächste Jahr hier mitmachen. Wie schnell die Zeit vergeht ...
Shiro, du müsstest doch letztes Jahr auch schon an diesem Ausflug teilgenommen haben, oder?

Nein, ich hab blaugemacht.
Du bist echt unglaublich …
Eigentlich müssen die Kandidaten aus dem 2. Jahr im zweiten Trimester den Schülerrat in allerlei Sachen unterstützen …
… aber du warst so faul, dass du vor all den Aufgaben davongelaufen bist und dich kaum gezeigt hast.
Im ersten Trimester werden die Nachfolger des 2. Jahres nominiert und stehen damit so gut wie fest.
Kein Wunder, dass Makabe …
… schon am Anfang keine Geduld mit dir hatte.
WÄLZ
Halt die Klappe …
Uwah … Dieser Streit …
… scheint es in sich zu haben.
Dabei hab ich doch nur Makabes Namen erwähnt!

16 Uhr Erstes Meeting
Nun gut ...
Das wäre also alles zu diesem Punkt.
Was sagt ihr Schulsprecher dazu ...?
Passt schon ...
Ist mir egal ...
Oh Gott ...
Das hier ist ja noch schlimmer als ihre täglichen Auseinandersetzungen!
Zitter
Zitter

Da sind wir wieder!
Wir haben uns die Tabletts noch mal füllen lassen!
18 Uhr
Abendessen: Barbecue
Woow ...!
Der ganze Stress heute hat mich richtig hungrig gemacht!
Ja, mich auch!
...
Und mich erst! Ich hab so einen Kohldampf!

Ach, ignorieren wir einfach die Streithähne ...
... und lassen's uns schmecken!!
Hey, willst du nicht mal was essen?
...
Tu ich doch.
Tss!
Iss gefälligst ordentlich!
MURMEL
Hä? Waff haft du gesaft?
Nichts ...
Und du iss nicht nur Fleisch, Okouchi!
So, wir kommen zum Hauptevent unseres ersten Tages!
Das Glühwürmchenfangen!!
Auf zum Bergbach!
Verteilt die Taschenlampen!
Und reicht das Insektenspray weiter!
Zieht euch am besten was Langärmliges an!
20 Uhr Freizeit

DREH
Nanu? Was ist, Makabe?
Ich widme mich lieber meinen Schulbüchern.
Amüsiert euch ruhig ohne mich.
Schade ... Man sollte doch auch ein bisschen Spaß haben ...
Was?!?
Na ja, aber was soll's!
Anders als wir, die auf die Tendomiya-Universität gehen werden ...
... will Makabe ja auf eine medizinische Uni.
Da fällt mir ein ... Wo willst du eigentlich ...
... nach der Schule hin, Shirota ...?
Keine Ahnung ...

Ich passe auch.
Geht ruhig ohne mich!
Ich nehm jetzt ein Bad.
Hey!
Shiro?!
Äh ...
Ist das ein Tabuthema ...?
Macht euch nichts draus ...
G... Gehen wir.
Ge-nau!
Passt auf, wo ihr in der Dunkelheit hintretet!
Geht klar!
Okay!
PLOFF
Puh ...

Puh … Ist mir heiß! Ich war wohl zu lange baden.
…
»Hey … … Itsuki …«

Der Ausflug wird bestimmt klasse! ♪
Hast du schon gehört? Wir werden Glühwürmchen fangen!
Ja, scheint so.
Ich glaub ...
... ich hab noch nie Glühwürmchen gesehen.
Sag mal ...
Hast du Lust, dass wir uns einfach absetzen?
Wir könnten einfach Hand in Hand durch die leuchtenden Glühwürmchen gehen ...
... und die ganze Nacht den Sternenhimmel ansehen.

Warum bist du so gut gelaunt ...?
Wir machen diese Fahrt doch nicht zum Spaß! Das Lernen dürfen wir nicht schleifen lassen.
Ach, komm schon ...
!
Wir hatten bisher noch kein einziges richtiges Date!
Und die anderen wissen ohnehin Bescheid.
Okay?
Na?
STICH

Wow!
Was für ein Sternen-himmel ...
H... Hey ...

Ach ...
Vergiss es ...!
Da geht's vom Grundstück weg ...!
Oh! Hey!
Wo willst du hin?!
Ich geh ...
... die Glühwürmchen anschauen!
Warte ...!
TAPP
Bist du bescheuert?!
Dafür müsstest du zum Bergbach! Ohne einen Ortskundigen ist es gefährlich!
Was ist mit einer Taschenlampe? Hast du dich auch gut mit Insektenspray eingesprüht?!

PACK
Itsuki!
...
Endlich ...
... siehst du mir in die Augen.
Das Gleiche könnt ich zu dir auch sagen ...

Hör mal ... Sei doch wegen der Sache mit der Uni ...
... nicht so sauer.
Was ...?
Na ja ... ich dachte, dass ich als erste Wahl ...
... einfach die T-Uni für Medizin nehme, auf die du auch willst ...
Was meinst du ...?

...
KRAMPF
Mit welcher ... Begründung?
Hm ...
In erster Linie deinetwegen.
He he ...
Das soll wohl ... ein Scherz sein!
Weiß der eigentlich, wie sehr ich mich reinhänge, um es da rein zu schaffen?!
Denkst du etwa, ich würde mich darüber freuen?!
Hä?
Wie kann er das so leichtfertig sagen ...?!
Fäll solche Entscheidungen doch nicht einfach aus dem Bauch heraus!
Warum steckst du deine Ziele nicht höher?! Mit deinen Leistungen könntest du eine viel bessere ...
Argh!
Fängst du schon wieder damit an?!

Immer kommst du mit derselben Leier, dass ich es zu was Besserem bringen könnte ...
Sag mal ... Als du meintest, dass du mich auch nicht loslassen würdest, wenn ich es im Leben zu nichts bringe ... War das eine Lüge?
Seufz
Bekomme ich von dir keine Anerkennung ...
... wenn ich nicht das mache, was du willst?
Was zum ...
KNIRSCH
Und danach ist es immer weiter eskaliert, bis wir im Streit auseinandergingen.
Aber ...
Ich war ...
... nicht deinetwegen sauer ...
Was?

Ich hab mich über mich selbst geärgert ...
... weil ich nicht nur eifersüchtig auf dich war, sondern dir noch zusätzlich mein Ideal aufgedrängt habe.
Ich habe gemerkt, dass ich genauso gehandelt hatte wie meine zerstrittenen Eltern.
Es war ... ... was anderes.
Hör mal, Itsuki ...
Es ist nicht so, dass ich den Arztberuf als leicht ansehe.
Immerhin komme ich aus einer Arztfamilie und sehe selbst, wie hart meine Eltern dafür arbeiten ...
Ich weiß zwar noch nicht ...
... ob ich in die Forschung gehe oder Patienten behandle, aber ich werde die Sache ernst nehmen.

Ich wollte nur ...
... in deiner Nähe sein, ganz egal, welchen Weg ich einschlage.
Fällt es dir schwer, diesen Beweggrund nachzuvollziehen?
DRÜCK
Bitte versuch, mich zu verstehen. Ich kann einfach nicht anders ...
Dafür ist ...
... meine Liebe aber grenzenlos, wie die eines Idioten.
Sie kennt nur einen Weg.
Sie wird niemals verwelken, und ich werde dich mit ihr überhäufen.
W... Was soll ...
... das denn heißen ...?!
BLUSH
Was für ein Unsinn ...
... du Idiot!

Ich bin vielleicht ein Idiot, aber du liebst mich ... ... doch trotzdem, oder?
Wenn nicht, muss ich weinen.
Ver-damm ...
ZIEH
Wah!
DOMP

Itsu...
Hör zu!
Ich werde mich ab jetzt aus deiner beruflichen Laufbahn komplett raushalten.
Was ...?
Damit will ich sagen, dass ich dem Mann ...
... in den ich mich verliebt habe ... vertraue ...

Itsuki ...
Nh ...

Wah ...
Ver-
dammt!
Es ist
so lange
her ...
... dass
ich mich
kaum zu-
rückhalten
kann.
Seiya ...
Nicht
hier ...
... okay?
Idiot
...!
Ich meine,
nicht hier ...
während des
Ausflugs!
Gehen
wir in mein
Zimmer!
♡
Du willst
nicht, dass
die Sterne
uns zusehen,
nicht wahr?
Ist
gut!
Waas?!
Ach,
komm
schon,
Itsuki!
Ja ...?
♡
Uh

Wir sind wieder zurück!
Wah, ich bin total zerstochen ...
Hach♡, war das schön!
Echt der Wahnsinn!
Ist aus den Fotos was geworden?
Die müssen wir in unserem Schülerrats-Blog posten!
KLACKER
KLACKER
Nanu?
BAMM
Hey! Shiro ...?
BAMM
Na ja ...
Mein Zimmer ist verschlossen!
Was ist los, Okouchi?
RASCHEL
Idiot!
Ach, egal!
RASCHEL
Hoppla ... Bist du's, Okouchi?

Sorry ...
Kannst du heute ...
... bei Haruna schlafen ...?
Sei...
Keine Panik ...
Alles gut!
Argh ...
...
Seufz

Ausflug, Tag 2
Zwitscher
Zwitscher
Morgen!
Guten Morgen allerseits!
Guten Morgen ...
Schlapp
Nanu?
PACK
Geht es Makabe nicht gut?
Lass ihn ...
Uuh ...
Sie streiten sich also nach wie vor?

Sie sitzen immer noch so weit aus-einander ...
Ha ha ha ...
...
Ist verlegen
Übt Selbstkritik
TAPP
TAPP
Da sind wir wieder!
Ich hab die beiden von der Bus-haltestelle abgeholt.

SST
Oh! Da sind sie ja endlich!
Guten Morgen!
Ich bin Kohei Tsukumo aus dem 2. Jahr der ISB.
Hallo, auf gute Zusammenarbeit!
Ich bin Yoshito Kawamura ... aus dem 2. Jahr der AGM.
Itsuki!

SST
Jetzt ...
... kann ich dich unterstützen!
So ...
Bald startet das zweite Trimester ...
... der Tendomiya-Akademie.
Murmel
Was ist ...
... denn mit dem?

Kapitel 2
Re.

Itsuki!
Schön, dass du wieder da bist!
Tsukumo! Nenn mich in der Schule ...
... beim Nachnamen ...
Ach ja! Natürlich, Makabe ...
Die Macht der Gewohnheit. Das rutscht mir immer so raus.

Wegen der Orga fürs Schulfest ...
... hast du ja ständig außerhalb der Schule zu tun. Und das in dieser Sommerhitze.
Ist sicher anstrengend ...
Oh!
Ich nehm dir die Tasche ab!
Ich war auch immer draußen.
Mizuno
Das ist ja ein Mizuno-Double ...
Jepp, eindeutig ein Mizuno-Double.
Sein Vater ist angeblich der stellvertretende Direktor und Leiter der chirurgischen Abteilung der Makabe-Klinik.
Sprich, die zwei kennen sich schon von Kindesbeinen an.
Da Tsukumo in Makabes Fußstapfen tritt ...
... wird er bei uns schon »Prinz von Tendomiya« genannt.
Diese leuchtende Aura. Schrecklich ...
Prinz?
Wohl eher Haustier!
Ein Mizuno-Double.
Ruck
Ich sehe regelrecht, wie er mit seinem Schwanz wedelt.
Aber, aber, Shirota ...
Man kann dich hören!

Das zweite Trimester der Tendomiya-Akademie hat begonnen.
Für das bevorstehende Schulfest im Herbst hat der Schülerrat alle Hände voll zu tun.
Die Verträge für die Einkaufsstraße vorm Bahnhof und das Kollaborationsprojekt des Schulfests ...
... sind jetzt unterzeichnet.
Yeah!
Juhu!
Wir haben's in der Tasche!
Auf Makabe ist Verlass!!
Die Amtszeit der Schülerratsmitglieder aus dem 3. Jahr endet nach dem zweiten Trimester.
Wir setzen die enge Zusammenarbeit mit der M-Mädchenakademie also fort ...
... richtig, Makabe?
Nachfolgender Schulsprecher der ISBler Kohei Tsukumo (2. Jahr)
Um einen flüssigen Übergang möglich zu machen, baut das System darauf auf, dass die Nachfolger nach den Sommerferien eine unterstützende Rolle einnehmen, auch wenn noch keine offizielle Amtsübergabe stattgefunden hat.
Übrigens ...
Nachfolgender Schulsprecher der AGMler Yoshito Kawamura (2. Jahr)
... befürworten das laut Umfrage über 95 Prozent der Schüler unserer Akademie.
Die Zustimmungsrate des Schülerrats ist auch auf 85 Prozent gestiegen.

Gute Arbeit!
Mh ...
Dann aktualisieren wir doch gleich mal unsere Homepage.
Sofort!
Gut, dann übernehme ich die Änderung der Flyer ...
Interessant ...
Es stimmt also tatsächlich, dass der Schülerrat das Kriegsbeil begraben hat ...
... und alle dort gut miteinander klarkommen.
Ich dachte, ihr hättet das bloß inszeniert, um euch gut darzustellen!

Ist ja auch nicht verwunderlich.
Schließlich sind unsere Schulsprecher ...
Hey! Vorsicht!
Hä?
Ups!
Sorry, vergiss, was ich gesagt hab!
Leck
?
Hey!
Kann jemand von Herrn Kamiya ...
... die Papiere holen, die ich ihm zum Prüfen vorgelegt hatte?
Ja!
RUCK
Natürlich!
Das ist unser Job!
PATT
Los, Kawamura!
Geh sie holen!

Geht klar ...
Hmmm ...
Was ist los?
Die Arbeitsgruppe fürs Sportfest ...
... hat mir gerade die technische Zeichnung für das Eingangstor zugeschickt ...
... aber ich weiß nicht, ob das wirklich hält ...
Kennt sich hier jemand mit Statik aus und könnte das mal nachrechnen?
Bei so was ...
... kannst du Shirota fragen ...
RUCK
Nein!
Das mache ich!

● Die hierarchische Anordnung in Tsukumos Kopf

Hey, Shirota!
Ich hab die Zahlen etwas umgeändert.
Könntest du kurz drüberschauen?
…
FLÜSTER
Ich bin vielleicht wie ein Haustier …
… aber im Gegensatz zu Mizuno, diesem Einfaltspinsel, ganz nützlich, oder?
Was sagst du?
Domp

Ich habe ein geschmeidiges Fell ...
... und bin sogar noch clever. Ein richtiges Rassehaustier also!
Mein Halter wird mich sicher nie wieder hergeben wollen.
Ja!
Sieht gut aus.
PACK
Hast du fein gemacht!
WUSCHEL
WUSCHEL
...!
Was zum ...

GRINS
Wenn ein Haustier seine Sache gut gemacht hat ...
... muss man es doch streicheln, oder?
Hi hi hi!
Freu dich doch über das Lob, Tsukumo!
Danke fürs Drüberschauen!
Also dann!
Kein Ding!
Mh!
...

RAUN
Oh!
Da ist Makabe!
Psst!
Leise!
SCHMACHT
Geht klar ...!

PACK
SCHLEIF
SCHLEIF
...
Hey ...!
FLÜSTER
Duroh deinen Erfolg bei den Verhandlungen ist deine Popularität wieder um einiges gestiegen ...
... verehrter ISB-Schulsprecher.

Doch seit das neue Trimester begonnen hat ...
... hatten wir noch keinen Moment für uns allein.
Das ...
... geht gar nicht!
PRUST
Hi hi hi ...
Tss!
Ach Mann, du hast ohnehin schon so viel um die Ohren ...
... und jetzt hältst du dir noch einen kleinen cleveren Hund, der dich echt lieb gewonnen zu haben scheint.
Er nennt dich sogar Itsuki!
Stimmt.
Er ist auf jeden Fall nützlicher als ein gewisser Faulpelz hier.
Und jetzt lass mich los!

Schläfst und isst du denn auch richtig?
Du hast wieder ein wenig abgenommen.
Mit so einem Gesicht schreckst du mich nicht ab.
Ich kenn dich doch!
WIND
Jetzt lass mich endlich ...
Sag mal ...

Findest du nicht auch, Itsuki ...
... dass wir ...
... seit dem Ende der Sommerferien wieder irgendwie auf Abstand sind?
Liegt es an unserem Neuzugang?
Oder ...
... bist du immer noch sauer ...
... wegen der Sache beim Ausflug?
ZUCK
Wovon ... redest du?
Na ja ...
Ich hab dich doch ...

… die gan-
ze Nacht
lang …
Obwohl
der ganze
Schülerrat
vor Ort
war …
SCHWUPP
Fmpf!
Kein Wort
mehr!
Die
Sache …
… geht
nicht nur
auf deine
Kappe
…
Oh!
Wow
…
Hah
…
Hah
…
STREICH

Itsuki
...
HAPP
SCHAUDER

KICK
Au!
Aua ...
Mann ...
Was soll das?!
Schmerz
Schmerz
Ich bereue es sehr, dass ich in dieser Nacht nachgegeben habe, ohne Rücksicht darauf, wo wir uns befanden.
Das wird mir nicht noch mal passieren!
Wo sind wir hier?
In der ...
... Bibliothek.
Kicher
Gut.
KISS

Mh!
...
Und ...?
ZUCK
Fin-dest du ihn nicht süß ...
... deinen Besitzer?

...
Du wusstest ...
... dass ich hier bin?
WANK
Was sollte das?
Wolltest du's mir unter die Nase reiben, oder wie?
Uwah ...
Was machst du denn für ein Gesicht?
Sorry, hat dich das so schockiert?
Findest du es widerlich ...?
I...
Ich habe nicht vor, mich in die sexuellen Vorlieben von Itsuki einzumischen, kapiert?!

Aber was die ...
... Partnerwahl angeht, bin ich schon enttäuscht.
Wer hätte gedacht, dass Itsuki sich mal mit einem minderwertigen AGMler abgeben würde ... Da zweifle ich schon an seinem Geschmack!
Ich hab mir geschworen, meine Zukunft in seine Hände zu legen ...
... und das Erbe meines Vaters anzutreten!
Menschen wie du sind nur Schandflecken in seinem Leben!!
Und damit auch in meinem ...
WAPP
BAMM

PUST
Hab doch keine Angst.
Wah ...!
I... Ich hab kein Interesse an Män...
Pfft!
Du solltest dich mal sehen.
Was ...
Ruhe! Wir sind hier in der Bibliothek ...
... mein Prinz.
Interessant, was für lange Wimpern du hast.

ZACK
BAMM
Und nein, ich wollte dir gar nichts unter die Nase reiben.
Du glaubst ja wohl nicht, dass ich Itsuki freiwillig jemandem so zeige!
Auch ich hab keinen Funken Interesse an so jemandem wie dir.
Also mach dir keinen Kopf.
Der ganze Schülerrat weiß über uns Bescheid, also solltest du es auch erfahren.

Es nervt mich nämlich tierisch ...
... wie du um ihn herumscharwenzelst.
Mh!
Also dann.
Damit ist hoffentlich alles geklärt.
Hab ich's übertrieben?
Na ja, egal.

Hallo …
… Makabe!
…
Haah …
Was sollte denn der Kuss?
Hatte ich kurz vorher nicht gesagt, so was würde mir nicht noch mal passieren …?
Komm mal wieder von deinem Höhenflug runter, Itsuki Makabe!
»… dass wir … wieder irgendwie auf Abstand sind?«
Er hat schon recht …
Ich muss ihn unbewusst gemieden haben.

An Seiyas Seite ...
... erkenne ich mich einfach nicht wieder ...
Kann es sein ...
... dass ich Angst habe?
Ich will ihn immer mehr ...
Als wäre mein Verlangen grenzenlos.
ZUCK
Oh! Da ist ja Ma-Kabe! ♡
TAPP
TAPP
BAMM
So ein verdammter Mistkerl!!

Dieser Shirota ...
... regt mich auf! Ich krieg echt die Krise!
Ich kann ihn nicht ausstehen!
TRAMPEL
TRAMPEL
TRAMPEL
Hör mal, Tsukumo ...
Hä?!
Warum sollte ich mich vor dir verstellen?!
Wenn du meinst ...
Ich hab nichts gesagt.
Könntest du bitte aufhören, dich vor mir ...
... so gehen zu lassen?
Aber ...
... wenn du ...

... diesen Shirota ...
... nicht ernst nimmst, wirst du noch gehörig auf die Nase fliegen.
Aber wahrscheinlich ist dir das schon klar.
...
Jetzt sag nicht, du wusstest ...
... über ihre Beziehung Bescheid!
Nö.
Ich hab heute zum ersten Mal davon erfahren.
Durch dich.
Was?! Und wieso bist du nicht überrascht?
Der Typ ist echt kompliziert ...
Verdammt!
Dieser Shirota ...
Dieser verdammte Shirota!
GRUMMEL
Der soll bloß nicht denken, dass ich mich jetzt in die Ecke verkrieche!
Verflucht!
GRUMMEL
GRUMMEL

…
Oh Mann … Ich hab keine Lust.
Auf rein gar nichts …
Was soll ich nur tun …
… Itsuki?

Re.
Kapitel 3

Ah!
Kohei Tsukumo 9 Jahre alt
Da ist Itsuki!
Hey, Itsuki!
Ich bin's, Kohei!
ZANK
ZANK
Hey, Shirota!
Du schon wieder, Makabe!
Wer ... ist das denn ...?

Seiya Shirota mit 10 Jahren
Wenn ich jetzt zurückdenke ...
...
Verdammt!
... muss das dieser Shirota gewesen sein.
Tsukumo und Kawamura bei Besorgungen für den Schülerrat
Es ist zwar ...
... nicht offiziell, aber ich hab gehört ...
... dass dieser Shirota ...
... angeblich an einer renommierten Uni in Amerika zugelassen wurde, aber abgelehnt hat.
Der hat sie doch nicht mehr alle.

...
Das war doch ...
... nicht etwa wegen Makabe ...?
Woher soll ich das wissen?!
Verrate mir lieber ...
... wie viel Zeit du in deine Recherchen rund um Shirota gesteckt hast.
Ist dein Handyspeicher etwa voll mit Daten über ihn?
Mh!
Ich tue das, um seine Schwachstelle herauszufinden.
...
MURMEL
Du hast echt nur das eine im Kopf ...
Hm? Was hast du gesagt?
Ach, nichts.
Beeilen wir uns lieber. Wir kommen noch zu spät.

Das hat ...
... mir alles dieser ...
Ich komm zu spät zum Kiosk!
Oh nein!
... Kohei Tsukumo erzählt.
So viel zu dem.
Bestimmt ist kein Brot mehr übrig ...
Aha ...
Der Prinz legt sich ja ganz schön ins Zeug.
Ja, und wie.
SCHLÜRF
Mittagspause der AGMler
Mampf
Mampf
Offenbar ...
... scheint er sich ja bei dir gern mal über alles auszulassen ...
... aber ist dem eigentlich klar, dass du AGMler bist und damit auf meiner Seite stehst?
Ich glaube nicht ...
Willst du ein Sandwich?
Die sind von meiner Mutter.
Oh! ♥ Sehr gern!
Na ja, wahrscheinlich liegt das auch an deiner Art zu fragen ...

Oder machst du das bewusst ...
... Kawamura?
Leck
Hm ...
Richtig lecker! ♥
Dan-ke!
Aber nein. Wo denkst du hin?
Aber, na ja ...
Ich für meinen Teil finde ihn ja ganz süß.
Nimm ihn also nicht zu hart dran.
So ...
Danke fürs Sandwich.
Willst du ihm wirklich freie Hand lassen?
Hm ...
Na ja, ich denke, dass er schlussendlich ...
... nichts tun würde, was Itsuki schaden könnte.

Solange das so bleibt, ist alles gut.
Gruß an deine Mutter!
Tja ...
Hoffen wir mal das Beste ...
Mittagspause der ISBler
Darf ich mich dazusetzen?
Tsukumo!
Das Mittagsmenü der ISBler: Steak oder in Sojasoße eingelegter roher Thunfisch mit Reis

Rück
Rück
Also dann! Ich bin fertig ... Bis nach dem Unterricht!
Ja, ich mach mich auch auf den Weg.
Huch?
Kann es sein, dass man mir aus dem Weg geht?
Wenn dir das klar ist, solltest du vielleicht etwas an deinem Verhalten ändern.
Ach, das macht mir doch nichts!
Solange du mir vertraust, ist alles gut.

Du ...
... vertraust mir doch, oder?
Ich sage nicht, dass ich dir nicht vertraue ...
Wir kennen uns ja schon recht lang.
Cool!
Das freut mich! ♡
Du bist echt unglaublich ...
Sag mal, wegen ...
... Shirota ...
Zuck
Hat er irgendwas gesagt?

Wovon redest du?
Ich ...
... habe euch neulich in der ...
... Bibliothek ... gesehen.
Ach ...
Ich dachte mir schon, dass er nichts sagt ...
Nachdem du gegangen bist, habe ich kurz mit Shirota geredet.
Was meinst du?

RUCK
Komm!
Hä?
Aber ich esse noch ...
Komm jetzt!
Klapper
Okay!
Klapper
Und ...?
Hä?

Äh ...
Also ...
Na ja ...
Um ehrlich zu sein, Itsuki ...
... verstehe ich einfach nicht ...
... wieso ... ausgerechnet Shirota?
Mag ja sein, dass er nicht übel aussieht ...
... und auch einen gewissen IQ mitbringt ...
... aber egal, wie ich es drehe und wende ...
Ich kann mir nicht vorstellen, dass er dir in deiner Position in irgendeiner Form nützlich sein könnte.
Und was ist ...
... wenn die Akademie oder deine Eltern davon Wind bekommen?

Willst du es etwa herumer-zählen?
Was?!
Nein, Quatsch! So was würde ich nie tun!
Dann ...
... ist ja alles gut.
Mehr habe ich dazu nicht zu sagen.
Warte ...!
PACK
Geh noch nicht!
Du hast meine Frage noch nicht be-antwortet!

Wieso ausgerechnet Shirota ...?!
Kohei ...
Hast du ...
... dich schon mal richtig in jemanden verliebt?
zupp
Was ...?
Äh ...
Ähm ... Ich weiß nicht ...
Wieso ...

... fragst du so etwas überhaupt ...?
Das wirft mich jetzt echt aus der Bahn ... ... verdammt.
Du hast doch gefragt.
Siehst du ...?
Da ... ... hast du die Antwort.
Aber so klingt es ...
... als wärst du bloß ...
... irgendein t... total normaler Mensch!

Mh ...!
Ich bin ja selbst von mir überrascht.
Aber ...
... der Typ ist doch ...
... so ein ...
...
Kohei ...
Warum hängst du dich so an dem Thema Shirota auf?
Hä ...?

POCH
Puh ...
Also dann ...
...
POCH
W... Was meinte er?
Ist es den beiden ...
... etwa richtig ernst ... miteinander ...?!
POCH

Die Sache zwischen ihm und Shirota ...
... ist also wirklich ernst ...?
Hm?
POCH
Was ...?!
POCH
Uwah!

POCH
W... Was war das ...
... denn gerade ...?
POCH
Was ist los ...
... mit mir ...?
Vergiss nicht das Meeting mit den Lehrern, verstanden?
Der Direktor wird auch da sein.
Ja, ja.
Konferenzraum Schülerrat

...
Sag mal ...
Verhält sich Tsukumo ...
in letzter Zeit nicht seltsam ruhig?
Grmpf ...
...
Ja, das ist schon fast beängstigend.

Blick
Zuck
Hey!
Tsukumo!
RUCK
RUCK
W...
Was ist denn?!
Die verbesserte technische Zeichnung ist gerade bei mir eingegangen.
Komm her!
Schau doch mal drüber.
»Komm her«?!
...!

Hä?
Shiro?
Hier.
Rück
...
Schau dir das an.
Was sagst du?
Sanft
ZUCK
Ach, jetzt hab dich doch nicht so!
WUSCHEL
WUSCHEL
Das verletzt mich!

RUCK
Was zum ...
Verdammt! Du tust es schon wieder!
Fass mich nicht an, Mann!
Pfft!
Oh! Entschuldi...
Ha ha ha!
Tut mir leid.
Sorry ...
Ha ha ha ha!
Deine Reaktionen sind einfach zu köstlich ...
Komm, machen wir weiter!
Ugh ...
Was eine Überraschung ...
...

KLACK
Sprechzimmer
Klick
♥

Warum schließt du die Tür ab?
Na ja ...
Ich will ja nicht sagen, dass mich die Blicke von anderen kaltlassen.
MURMEL
Ich hab eben dazugelernt.
Hach ...
Hi hi!
Tja ...
Wir dürfen eben beide nur Dinge tun, für die man sich vor anderen nicht schämen muss.
Geh mir aus dem Weg!
Morgen kommen wichtige Gäste!
Ja, ja!
Schon gut!

...
Wieso auf einmal der Sinneswandel ...?
Mir fällt auf ...
... dass du dich neuerdings mit Tsukumo abgibst.
Ich kenne dich. Wenn dir jemand nicht passt ...
... distanzierst du dich normalerweise komplett von dieser Person.
Tja ...
Weißt du ...
Irgendwie steht ihm auf die Stirn geschrieben, wie sehr er sich anstrengt ...
... und bei genauem Hinsehen hat er schon was Süßes!
Ha ha ...
Na ja, Scherz beiseite.
Er ist doch dein wichtiger Nachfolger.
Da dachte ich, ich sollte mich halbwegs gut mit ihm stellen ...

Aha ...
Ver-
stehe.
PLUMPS
Uwah!
Was
...

WUPP
PACK
Wah ... Hey!
Was ist denn los, Itsuki?
Mein armes Herz!
Bist du dir seiner Gefühle wirklich nicht bewusst ...
... oder tust du nur so?
Hä?

KLOPF
KLOPF
Shirota ...?
Du bist doch da drin, oder ...?
Ich bin's, Tsukumo.
Ich würde gern was mit dir be-sprechen ...
Ah, Tsukumo?
Augen-blick, ich mach so-fort die Tür ...
Sorry, echt scha-de ...
PACK
Itsu...

BEISS
...!
Itsu...

KLACK
...
Itsuki!
Hey!
Itsuki ...!

Re.
Kapitel 4

Tsukumo ...?
SCHRECK
Ah ...!
Ähm ...
Sorry.
Lass uns später reden ...
PACK
Nein!

Wenn du jetzt gehst ... ... werde ich allen sagen ... ... was zwischen euch läuft!
Hey ...
Über so was solltest du keine Witze ...
D...
Das war kein Witz!!
Zuck

Ach ...
Du meinst es also wirklich ernst ...?
Aber bereitest du damit deinem ach so wichtigen Makabe keinen Ärger?
SCHRECK
...!
DRÜCK
...
Los!
Rein mit dir!
KLAPP
Kannst du mir mal verraten, was du ...
... damit beabsichtigst?
BLUSH

I...
Ich weiß es nicht!
Ich hab keine Ah-nung ... warum sich all meine Gedanken nur noch um dich drehen!
Ich werd noch wahn-sinnig ...!
Du ...
POCH
!
Sh...
Shirota ...!
Shiro ...
WUPP
Ungh!

SCHÜTTEL
Komm wieder ein bisschen runter, okay?
...!!
KLACK

... Oje, oje ...
Hat er dir etwa seine Liebe gestanden?
Uwah!
Aber mal im Ernst ... Was mach ich denn jetzt ...?
Hä?
Hey, was machst du hier? Hast du uns etwa belauscht?
Von wegen!

Man muss Tsukumo nur anschauen, um zu verstehen, was hier vor sich geht.
Was?! Echt?
Hast du es wirklich nicht bemerkt?
Na ja, ich hab eben nur Augen für diesen beängstigenden jungen Mann mit Brille vor mir ...
Hm ...?
Oh! Warst du vielleicht deshalb die ganze Zeit so komisch drauf?
KICK
Autsch!
Wofür war das denn?!

Und? Was hat Tsukumo gesagt?
Ach, was frag ich überhaupt ... Es geht mich nichts an.
»Wenn du jetzt gehst, werde ich allen sagen ...
... was zwischen euch läuft!«
Schon gut ...
Es war nichts Besonderes.
Na ja ...
Ha ha há!
Er wäre nur fast über mich hergefallen.
...
Aber mach dir keine Sorgen.
Ich gehöre ganz allein dir ...
... okay? ♡
DOSCH
Gyah!

Jetzt auch noch mein linkes Bein ...!
!!
Tss!
SST
Hey!
Sei...
Ähm ...
Sorry, aber ...
... wir bleiben wohl besser für eine Weile auf Abstand.

Na ja, weißt du ...
Ich hab irgendwie ein bisschen Mitleid mit Tsukumo.
Es wäre sicher besser, ihn für die nächste Zeit nicht mit unserem Rumgeturtel zu provozieren.
Bis zum Schulfest haben wir ohnehin alle Hände voll zu tun.
Wie sehr du doch an deinen jungen Mitschüler denkst ...
Streich
KNEIF
...!

...!
Autsch ...
Wie oft will er mir denn noch wehtun?
Ha ha ...
RATTER
Konferenzraum Schülerrat

Hey!
Ist Tsukumo gerade da ...?
RUMPEL
POLTER
...!
Wegen der Ände-rungen am Eingangs-tor ...
... wol-len die Kunstleute, dass es ih-nen jemand erklärt.
Hast du gerade Zeit und könn-test mit-kommen?
K...
Klar!
TAPP
...

Oh ... Sieht doch gut aus!
Mo-ment mal! Diese zwei ...
Die über-raschen ei-nen echt ...
Ja! Nicht wahr?
Lager
Sag mal ... ... Tsu-kumo ...
Was denn?
Ist dir klar ... ... dass Shirota ...

Denk nicht, ich wüsste nicht ...
... dass du gemerkt hast, was in mir vorgeht.
Das brauchst du mir nicht zu erzählen!
Aber lass mich einfach!
Ich werde jede Gelegenheit für mich ausnutzen ...
Ich gebe nicht auf ...
...

Makabe
Itsuki ...
Ja?
Ich habe dieses Jahr ...
... Beson ders viel fürs Schulfest an die Akademie gespendet.

Wenn das nicht ausreicht, musst du es sagen.
Es ist eins der wichtigsten Events, und du wirst es erstmalig als Spitze dieser Institution organisieren.
Vielen Dank.
Ich werde alle Hebel in Bewegung setzen, damit es eine gute Veranstaltung wird.
Ich will nur nicht, dass ich mich deinetwegen später schämen muss.
Natürlich nicht ...
Ich bin fertig mit essen ...
RUCK
Sag mal, Itsuki ...
Stimmt es, dass der Schulsprecher der AGMler ...
... der Sohn der Shirotas ist?
Das ist doch wohl ein Witz, oder?

...
Nein.
Er erzielt hervorragende Leistungen in der Schule.
Pass auf, dass er nicht auf dich herabsieht.
Melde dich, wenn etwas mit ihm sein sollte.
ZUCK
Ich werde ihn schon in die Schranken weisen.
Sollte er es wagen, dich nach unten zu ziehen ...
... kriegt er es mit mir zu tun.
...
DRÜCK

Seiya
...
KULLER
ZUPP

Itsuki!
Ich hab dich gesu...
Shirota!
Komme!
Sorry, Itsuki ...
Ich muss mit ihm gleich wieder zum Meeting mit unseren Künstlern.
Ist es dringend?
Shirota ...

Wir kommen noch zu spät!
Ja!
Bin doch schon da.
Nein ...
Schon okay.
Na dann ...
BWWW
Oh, es nimmt langsam Gestalt an. Wow!
Nicht schlecht!
Danke schön!

Makabe
Hi ...
Ich steh jetzt vor dem Tor.

Was ...?

Komm rein.
Was ist denn los ...?
Wieso bestellst du mich zu dir?
Ich kann nicht glauben, dass ich die erste Einladung zu dir nach Hause ...
... für unter der Woche um Mitternacht erhalten habe.
Nicht so laut, die Leute schlafen!

KLACK
Hä?
Ich dachte, es wäre niemand zu Hause.
Das ist also dein Zimmer ...
Sonst hättest du mich doch nicht hergerufen ...
KLAPP

Hah ...
Itsu...
Wie kannst du einfach entscheiden, auf Abstand zu gehen ...
... obwohl du dich kurz davor noch darüber be-schwert hast ...?
Willst du ...
... mich jetzt et-wa ...
... einfach links liegen lassen ...?

SCHIEB
Tss!
...
Tut mir leid. Hast du dich etwa einsam gefü...
Was hast du mit Tsu-kumo vor?
Warum lässt du ihn so an dich ran?
Willst du ihm erst dann die kalte Schul-ter zeigen, wenn er sich ...
... nicht mehr zu-rückhalten kann und sich an dich klammert?

Nein ...
Das hatte ich nicht vor ...
Das dachte ich mir schon ...
... du elender Optimist.
ZIEH
TRET
PLUMPS

Ha ha ...!
Du hast recht.
Ich hab ...
... wirk-lich nicht weit ge-dacht. Für mich ...
... gibt es eben nur dich.
FLAFF
Itsu...ki ...

Komm her ...
Ich bin auf Entzug.
Das macht mich wahnsinnig ...

WUPP

STREIF
Ha ha ...
KNABBER
Erregt es dich?
Au!
Ich hätte mir nie träumen lassen, so etwas ...
... jemals bei dir zu Hause zu machen ...
Hey, so kann ich mich nicht ausziehen ...!
Ha ha, schon etwas.
Wo sind deine Eltern? Sind sie verreist?
Nein ...
Sie sind da.
ZUCK

Aber ...
... sie schlafen sicher schon längst.
Mo-ment ...
Hey ...!
Das hier ist ein Ritu-al ...
... zwi-schen dir und mir ...
... Seiya.

Kapitel 5
Re.

Das hier ...
... ist ein Ritual ...
... Seiya.
...
Was für ein Ritual?
Der Schülerrat hat die Sache mit uns zwar mitbekommen ...
... aber ich habe nicht die Absicht, unsere Beziehung öffentlich zu machen.
Ich brauche nicht das Verständnis anderer.
Makabe

DRÜCK
Itsuki ...
Seiya ...
Ich werde die Klinik übernehmen.
Das bedeutet ...
... dass ich mit meinen Eltern ... hier in dieser Stadt ...
... leben und arbeiten werde.
Trotzdem ...
Ich habe ...
... nur Angst davor ... dass sie kaputtgeht ...

Egal ...
... für welchen Wohnort du dich auch entscheiden solltest ...
Du musst ...
... für immer ...
... mir gehören.
...!
Mh!
RASCHEL
Was machst du denn für ein Gesicht?
Du willst also, dass wir unsere Beziehung geschickt geheim halten ...?

KICHER
Dann ist das also ein Ritual, um den Entschluss zu festigen.
Deshalb hast du mich extra herbestellt, obwohl deine Eltern zu Hause sind.
Findest du es ... zu verbindlich?
Ich kann mir vorstellen ... dass diese Geheimhaltung dich nicht unbedingt freut ...
I wo ...
Wie?
ZIEH
Eine Beziehung geheim zu halten ist kein leichtes Unterfangen ...
... und erfordert seelische Vorbereitung.
Ich freue mich einfach wahnsinnig, dass du ...
... diesen Entschluss gefasst hast, Itsuki.

Keiner weiß, was die Zukunft bringt.
Vielleicht müssen wir eine Fernbeziehung führen ...
... oder werden uns in ein, zwei Jahren im Streit trennen.
Wer weiß das schon ...
Hmpf!
STARR
Hi hi!
Aber lass uns trotzdem ...
... für immer an der Seite des anderen bleiben ...
... und ein ...
... gemeinsames Leben führen, Itsuki.

POFF
... Mh!
Itsuki?
Ich hätte gedacht ... dass du alles dafür tun wirst ...
... um dein Umfeld von unserer Beziehung zu überzeugen ...
Wir kennen uns schon so lange, aber du bist immer noch für eine Überraschung gut ...
Dachtest du etwa, ich würde im schlimmsten Fall mit dir durchbrennen ...
... oder wie?
Ja ...
Haha ...
Du hast schon recht. Für solche Aktionen bin ich immer zu begeistern.
Aber ...

... ich möchte die Dinge, die du zu bewahren versuchst ...
... ebenso schätzen.
Denn ich weiß, dass auch ich ...
... dazuzähle.

Itsuki ...
Itsuki!

Hah ...

Hah ...
Hah ...
Hah ...
Oh Gott ...
Was ist?
Ich liebe dich einfach.
Ich liebe dich ...
... so sehr!
Du ...
... Idiot.

PACK
...!
Dann geht es dir ... wie mir.
Ja ...
Ich weiß.

Zwitscher
Zwitscher
KLACK
Nanu?
Itsuki?
Was machst du denn so früh am Morgen hier?
Guten Morgen!
Ich war einfach wach und hab die Zeitung geholt ...

Ach ... Vielen Dank.
Kein Problem.
Highschool der Tendomiya-Akademie
Konferenzraum Schülerrat
Hallo.
Hi ...

Reiß dich zusammen.
RATTER
Ja, ja ... Ich halt mich bei Tsukumo zurück.
Ah!! Shirota!
Ihr seid doch die Kunst-AG.
Was ist denn los?
Es tut uns so leid! Es ist furchtbar!
Tsukumo steckt unseretwegen in der Klemme ...!

Wir haben eben ...
... den Entwurf fürs Eingangstor dem Direktor zum Absegnen vorgelegt.
Der hatte aber gerade noch Besuch von einem ehemaligen Schüler, der gleichzeitig auch ein wichtiges Vorstandsmitglied ist.
Der hat sich wichtigtuerischer als der Direktor selbst aufgeführt.
Was ist das denn?!
So ein moderner Schnickschnack ist für unsere traditionsreiche Akademie nicht angemessen.
Das muss auf der Stelle geändert werden.
Finden Sie nicht auch, Herr Direktor?
Als wir dann zum Konferenzraum des Schülerrats rannten, trafen wir dort auf Tsukumo ...
Er ging sofort ins Direktorzimmer und dann ...
Bitte warten Sie!

... kam es mit dem Vorstandsmitglied zu einer Auseinandersetzung ...
Bloß weil Sie mit dem Design nichts anfangen können ...
... können Sie uns doch nicht einfach Ihren altmodischen Geschmack aufdrücken!
Wir sind die Schüler dieser Akademie, nicht Sie!!
Der soll der Kandidat für den künftigen Schulsprecher sein?!
Ich kann mir nicht vorstellen, dass er des Postens würdig ist.
Finden Sie nicht auch, Herr Direktor?

Wählt gefälligst einen neuen Kandidaten!
Auf Wiedersehen!
Oh!
Kawamura!
Also dann ...
VERBEUG
Er gehört dir.
Danke.

Da hast du ja ganz schön ...
... die Fetzen fliegen lassen, was?
...!
E...
Es war nur so frustrierend ...!
...
Gerade versucht Itsuki die Lage zu beruhigen und alles glattzubügeln.
Bei ihm ist die Sache in guten Händen.
...!

Die von der Kunst-AG waren schwer begeistert ...
... dass du dich so für sie eingesetzt hast.
I...
Ich hab das nicht ihretwegen gemacht ...!
Sondern?
Der Entwurf ...
... entstand durch unsere enge Zusammenarbeit ...
... deshalb wollte ich es ...
... unbedingt zu einem erfolgreichen Abschluss führen ... mehr nicht ...
...
Verstehe ...
...

Weißt du, Tsukumo ...
Itsuki und ich kennen uns jetzt schon ...
... über zehn Jahre. Wir kommen einfach nicht voneinander los.
Ich kann gar nicht mehr sagen, wann ich mich in ihn verliebt habe ...
... aber irgendwann konnte ich ihn endlich für mich gewinnen.
...!
Und überraschenderweise geht es ihm ähnlich.
Das freut mich ungemein ...
K...
Komm doch jetzt nicht mit so was ...!
Tsukumo ...

Du hast ihn sicher ...
... genauso viele Jahre bewundert und ihm nachgeeifert, nicht wahr?
Wenn ich diese Haltung sehe ...
... wie auch deine Leidenschaft, die du mir gegenüber gezeigt hast ...
... glaube ich nicht, dass du auf komische Gedanken kommen wirst.
...
Was ... soll das denn heißen?!
Ganz schön gemein ...

Ja, ich weiß.
Ich bin ja ...
... selbst ziemlich überrascht. Anfangs warst du ...
... nur so ein Grünschnabel, aber mittlerweile sehe ich dich ...
... als recht liebenswerten Mitschüler.
...!
Du bist echt ... das Letzte ...!
...
Wuschel
Wuschel
Wuschel
Stimmt.
...!
Liebenswert? Warum nur ...
... »recht liebenswert«?!
Okay.
Natürlich »total liebenswert«.

Darf ich ...
Hm?
... dich dann wenigstens zum Abschluss ...
... ein einziges Mal ... küssen?
...
Ich will euch ja nicht unterbrechen, aber ...

I...
Itsuki!
Nicht falsch verstehen! Noch ist nichts passiert!
Tss!
War aber kurz davor!
D...
Du ...
Komm her, Tsukumo!
Wir statten dem Vorstandsmitglied einen Besuch ab.
Er hat sich bereit erklärt, sich deine Entschuldigung anzuhören.
STUTZ
Was?

Aber ...
... w... was ist mit dem Eingangs- tor ...?
Das hängt jetzt ganz von dir ab.
Kommst du mit oder nicht?
...
Ich komme ...!
Ich zähl auf dich.
Danke!
Mach's gut!

Tsukumo ...
J...
Ja?
Lass mich dir sagen ...
Im Gegensatz zu mir kannst du mit deiner sympathischen Art punkten.
Je mehr du verärgert bist, desto freundlicher sollte dein Lächeln aussehen und desto mehr solltest du deinen Kopf benutzen.
Du kriegst das hin.
Okay ...
Ähm, Itsuki ...
Entschuldige bitte ...

Wofür ... ... entschuldigst du dich?
Hä?!
Natürlich für mein Missgeschick heute!
Für die Sache mit Shirota werde ich mich aber nicht entschuldigen ...!
Da sehe ich keinen Grund für ...
Tsukumo ...
Da ich denke, dass wir in Zukunft noch viel miteinander zu tun haben werden ...
... sage ich es gleich vorweg ...
Er ist derjenige ...
... mit dem ich mir eine gemeinsame Zukunft wünsche ...
... und den ich endlich für mich gewinnen konnte.

Er gehört mir mit Haut und Haar und ich gebe ihn nicht her.
An niemandcn.
Klar?
PRUST
Oh Mann!
Nicht zu fassen ...
Ha ha ha!
Das ist schon die zweite deftige Liebeserklärung ...
... die ich mir heute von euch anhören musste. Da wird man ja allein vom Zuhören rot ...!

Was ...?
SCHRECK
Uwah ...! Echt jetzt?
L...
Los, gehen wir!!
Ehrlich gesagt will ich ...
... Itsuki gar nicht mit so einem Gesicht sehen ...
TAPP
TAPP
TAPP
So ...
... nahmen schließlich ...
... sowohl die Sache mit dem Eingangstor als auch Tsukumos Kandidatur ein gutes Ende ...
... und darauf folgte ...
... der übliche Alltagstrubel.

STRATZ
STRATZ
So eine Verschwendung!
Woher willst du wissen, dass das Budget verschwendet ist ...
... ohne es probiert zu haben?
Genau darin sehe ich die Nutzlosigkeit!
Wie wäre es, wenn du statt zu meckern ...
... mal was gegen deine überflüssige Starrköpfigkeit tust?!
Bitte?!
Ihr macht unsere Kampagne zur weiteren Vernetzung der Schulzweige zunichte!
Also wirklich, so was solltet ihr klären, wenn euch nicht die ganze Schülerschaft zuschaut ...
... werte Schulsprecher!
Los, gehen wir!

Und ...?
Was hat das zu bedeuten?!
Wieso steht ihr so doof vor dem Konferenzraum rum?
Ugh, Tsukumo!
Du weißt schon ... Sie sind gerade dabei, sich zu vertragen ...
Genau.
Man sollte sie besser ...
... nicht stören.
Ich ...
... komme jetzt rein!!
RATTER
Waah!

Oje ...
Das war vielleicht nicht so gut.
Warum hattest du beim Meeting auch etwas gegen den Plan einzuwenden? Total überflüssig.
KNALL
Uwääh!
Ist ja gut.

Was?! Fangen wir wieder damit an?
Was soll ich denn machen?!
Egal, wie sehr ich dich darum bitte, du willst das Budget ja auf Teufel komm raus nicht erhöhen ...
ZIEH
Halt endlich ...
... die Klappe.
Ich überleg's mir, okay?
Haach ...
Das ist für die doch schon eine Art Vorspiel ...
Danke.
Wenn wir die glückseligen Momente nach dem Unterricht nicht jetzt auskosten ...
... wann dann?
Ende

Re. Bonus
Endlich ...
... ist der Tag des Schulfests der Tendomiya-Akademie gekommen.
JUBEL
Tendomiya Schulfest
Willkommen auf dem Schulfest der Tendomiya-Akademie.
Was danach geschah ...

*gebackene Oktopusbällchen

Herzlichen Glückwunsch ...
... zur erfolgreichen Veranstaltung des Schulfests.
Ach, wie schön. Die Mädchen aus der M-Mädchenakademie! ♡
Wah♡, diese feminine Ausstrahlung! ♡
Dank Makabe ...
... finden die Aufführungen der Tanz- und der Chor-AG in enger Zusammenarbeit statt! ♡
Ich hab bis jetzt nur Gutes gehört! ♡
Unser zweiter Schulsprecher hat ja gemeint ...
... dass wir Makabe auch mal ein paar ruhige Minuten gönnen sollen ...
... aber er ist ständig umzingelt. Wie sollen das gehen ...?
Ah, Makabe! Hast du einen Moment?
Komme!
Der Direktor verlangt nach dir.
Shirota muss sich heute ja um andere Dinge kümmern ...

So!
Hier bin ich! Warum habt ihr mich herbestellt?
Ooh!
Wah!
Tsukumo im Cosplay!
RASCHEL
Ich bin ein Vampir!
Unsere Klasse stellt die Residenz des Teufels aus.
Ich bin dort ihr Aushängeschild. Also lasst mich schnell wieder zurück an die Arbeit!
Euch AGMler im Blazer zu sehen ...
... hat viel mehr etwas von einem Cosplay ...
Alles klar.
Wir haben recht anspruchsvolle Kunden ...
... und du sollst uns helfen, uns um sie zu kümmern.
Zusammen mit Kawamura ...
Hab ich da ...
... meinen Namen gehört?

Argh …
Verblüfft
Ein Maid-Café darf in einer Jungenschule ja nicht fehlen.
Sorry, dass ich kein schöner Anblick bin.
Könntet ihr bitte aufhören, so zu schauen, als fändet …
… ihr mich total süß?!
Ähm
Ha ha ha!
Du bist total süß, Kawamura!
Also, an die Arbeit mit euch.
Komm zu mir!
Oh Mann!
Ich verlange mehr Wertschätzung!

Wenn ich's mir recht überlege ...
... wird dieses Event das letzte sein, was unsere Schulsprecher organisieren, bevor sie ihren Posten abgeben ...
...
Mh! Freu dich! Unsere Zeit ist nah!
Das kann ja noch heiter werden ...
Schwester! Du bist süß!
I... Ich bin ein Kerl, Kleiner.
Oh! ♥ So ein toller Dracula! ♥
Ich bin ein Vampir!
Bitte hier entlang, die Damen ...
Lärm
Waah ...
Lärm
TAPP
TAPP
TAPP
Waah ...
Schwatz
Schwatz

BAMM
Itsuki?!
RUCK
Hä?
Was hast du?!
Bist du etwa wieder vor Überarbeitung zusammengebrochen ...?
Nein.
Mir war nur kurz schwindlig.
Außerdem hab ich diesmal vorbeugend regelmäßige Pausen eingelegt.
Wartezimmer

DOCK
Puh ...
WUPP
Endlich seh ich mal dein Gesicht.
Heute war ein harter Tag für dich als Schulsprecher, nicht wahr?
Mh ...
Also dann ...
Langsam sollten wir uns für die Abschiedsworte des Schülerrats bereit machen.
Hört ihr mich?
Ja, ich weiß.
SST
Los, Shirota. Mach dich mal ein bisschen schick. Dich sieht man doch sonst kaum im Blazer.
Das Sprichwort »Kleider machen Leute« trifft bei dir wirklich zu.
Tssl
Äh, war das ein Kompliment?!
FLÜCHT
Also ... Gehen wir!
Yo!
Jawohl!

TENDO
Und zum Abschluss …
JUBEL
… der letzten Veranstaltung des heutigen Abends bitten wir nun die Mitglieder des Schülerrats auf die Bühne!
Itsuki!
Komm mal!
Was ist …?
DRÜCK
Hey!
Los, kommt alle zusammen!
Her mit …
… den Händen!
Oh!
PACK
GRAPP

Gut!
Los, Tsukumo! Komm her!
Du auch, Kawamura!
Raus mit uns!
Wein doch nicht, Tsukumo.
Tu ich doch gar nicht!
Das wird unser letzter Auftritt!

TAPP
JUBEL
Ich hoffe, dass wir uns ...
... irgendwann in der Tendomiya-Akademie wiedersehen.
Es folgen noch ein paar Extraseiten!
Ende

Extra
RATTER
Tsukumo!
Ich hab dir die Unterlagen ge...
Zzz ...
...
Erkälte dich nicht ...
STREICH
POFF
BLINZEL
Äh ... Was war das denn gerade ...?! Kann es sein ...
dass er in mich ...
POCH
POCH
POCH

Wenn Tsukumo ...
... krank wird, bedeutet das ...
... doppelt so viel Arbeit für mich.
VERWIRRT
Was?!
VERWIRRT
Echt jetzt ...?
Hm?
SCHAUDER
Hab ich mich jetzt erkältet?
Auch im nächsten Jahr werden die beiden Schulsprecher der Tendomiya-Akademie sicher ein gutes Team sein! ♡
Hey, wie kannst du kurz vor der Prüfung nur daran denken, Weihnachten zu feiern? Idiot!
Na ja, es ist nun mal unser Jahrestag ... ♡
Und du bist ja auch gekommen! ♥
Auch diesen Winter werden sie schöne gemeinsame Momente haben.
Ende
Vielen Dank fürs Lesen! ♡

KAZUMI OHYA

Geboren am 20. März

Sternzeichen Fische

Blutgruppe A

TOKYOPOP GmbH
Hamburg

TOKYOPOP
1. Auflage, 2019
Deutsche Ausgabe/German Edition

Aus dem Japanischen von Hana Rude

HOUKAGO, AIMASHOU/Re.

First published in Japan in 2016 by
KADOKAWA CORPORATION, Tokyo.
German translation rights arranged with
KADOKAWA CORPORATION, Tokyo
through TUTTLE-MORI AGENCY, INC., Tokyo.

Redaktion: Thomas Marc
Lettering: Vibrant Publishing Studio
Herstellung: Mathias Neumeyer
Druck und buchbinderische Verarbeitung:
CPI – Clausen & Bosse GmbH, Leck
Printed in Germany

ISBN 978-3-8420-4965-9

www.tokyopop.de

DIE BLUME UND DER SCHMETTERLING

Hinako Takanaga

Wenn der Spuk kein Ende nimmt!

Itsuki ist 18 und wirkt eher schwächlich. Als er eines Abends von ein paar Rowdys bedrängt wird, möchte ein junger Mann namens Ryota dazwischengehen. Doch Itsuki kann sich selbst helfen: Er beherrscht den Kampfsport Aikido. Ryota ist beeindruckt von dieser Stärke und hängt sich an den jungen Aikidoka. Der ist allerdings wenig begeistert ...

OHNE VIELE WORTE

Hinako Takanaga

VOICE OR NOISE

Yamimaru Enjin

Eine Liebesgeschichte mit ganz viel Herz – nicht nur für Tiere!

Wegen seines Hundes Flappy wendet sich Shinichiro auf Anraten seines Tierarztes an den Assistenzprofessor Narusawa, der mit Tieren reden können soll. Und tatsächlich wird Flappy nach einer Unterhaltung wieder zu einem braven Hündchen. Aber Shinichiro ist nicht nur von der Heilung seines Hundes angetan: Er lässt sich nicht von Narusawas barscher Art abschrecken und will unbedingt dessen Schüler werden ...

TOKYOPOP®

www.tokyopop.de

STOPP!

**Dies ist die letzte Seite des Buches!
Du willst dir doch nicht den Spaß verderben
und das Ende zuerst lesen, oder?**

Um die Geschichte unverfälscht und originalgetreu mitverfolgen zu können, musst du es wie die Japaner machen und von rechts nach links lesen. Deshalb schnell das Buch umdrehen und loslegen!

So geht's:

Wenn dies das erste Mal sein sollte, dass du einen Manga in den Händen hältst, kann dir die Grafik helfen, dich zurechtzufinden: Fang einfach oben rechts an zu lesen und arbeite dich nach unten links vor. Viel Spaß dabei wünscht dir TOKYOPOP®!